この約束のあ

早瀬さと子

HAYASE Satoko

文芸社

この詩集に
たくさんの愛と
数え切れない祈りを込めて

だから書くの
素敵なコト
どこまでも

目　　次

第1章　いつか

第2章　それまで

第3章　あれから

第4章　そして

第1章　いつか

「はじめに」

微かに背中が痛むのは
日曜日の騒ぎの疲れ
そう言いたいけれど

それは真っ平な嘘で
昨夜、遅くまで
ベッドで原稿を書いていたから

そのコトだけが
朝の澄んだ空気のように
時々、途方もなく嬉しくなる

寝なかった代償は
一つの作品になって
今、私の目の前に

この敏感な涙を
これまで
誰が許してくれただろう

誰一人として
許さなかったから
私は今日まで書いてこられた

すっかり自信を失くしていた私は
とても幸せな気分だ
今にも死ねそうなほどにね

だから調子に乗って
こんな夜明けに
これを書き始めている

何を語り始めようか
神経質で厄介な雨は
もう過ぎ去っただろう

体が鉛のように重たいのも
骨張った筋が痛むのも
心の激しいフラつきも

それは
明け方の心地悪い夢より
ずっと素敵なコトだろう

書きかけの原稿は
まだあの日に
置いたままだと言うのに

それなのに君は
この朝も
私にまるで微笑んでいる

その愛しい寝顔に
何度、キスをしたいと
願ってきただろう

生きるコトは
考えないコトだと
教えてあげたい

さぁ君、書き始めるよ
そろそろ
目を覚ましておくれ

「眠りの中で」

幸でも不幸でもない場所で
愛も憎しみも持たずに
眠るわけでもなく夢を見る

ココニイル
という美しさの欠けを
どの言葉も担うコトが出来なくて

私はもう
二度と変わらないまま
コ　コ　ニ　イ　ル

どこを探しても
書く言葉がないのは
求めるものがないからだろうか

目が覚める
また一つ
言葉を落とした夜が終わる

「思い出」

誰にでも思い出の曲がある
あなたと歩いた坂道みたいな
そんな曲が
きっとどんなコトでも
乗り越えて来たように
あの曲を聴けば
忘れていたコトの全てを思い出す
また会えるよね、と
別れた日を思い出し
あなたに会いに行こうと
今更、決めたみたいに

「手紙」

夏の穏やかな晴れの日に
こんな手紙を書いているなんて
私はどうかしている
けどこれはどうしても
あなたに伝えておきたいの
この手紙が届く頃
きっと季節が一つ進んで
眩しい太陽も
穏やかな風に乗って
微笑んでいるわね
あなたは何を見ているかしら
その側には誰がいるだろう
あなたを支える　誰か　に
静かな嫉妬を抱きつつも
あなたの笑顔が続くように　と
いつもずっと祈っている
空がどこまでも続くなら
また会える気がするの

このペンを置く頃には
あの太陽は少し陰るかしら

「代替」

誰も私の人生を
代わってはくれない
人は生まれる前から
ずっと一人で
一人のまま死んで逝く
時々起きる楽しいコトたちは
その恐怖を忘れるためで
私の代わりに
あなたが笑えないように
あなたの代わりに
私が泣いても
それはあなたの涙にはならずに
だから人は
最期まで人間をしているのだと思う

「手放したもの」

笑い合った友
信頼していた仲間
愛し続けた恋人
心の、体の、痛み
書き続けた万年筆

空っぽになったのに
残ったものは
単なる私で
私は私でしかなく
もう私しかいない

全てを手放したつもり、だったのに

「紅茶」

風が吹き荒れ
明るくはならない空に
今朝、何を想えば許されるだろう
毎日のコーヒーの香りが
今日は漂わず
部屋の電気さえ
もう灯らない
これから一人になる覚悟など
出来るわけもないのに
別れを言い出した後悔には
新しい生活の清々しさなど
微塵も感じられない
君は今朝、コーヒーを淹れただろうか
それを誰と飲んでいるだろう
私には知る術もない
君が今日から紅茶を飲み始めたコト

「不変」

ここにドタバタと段ボールを積んだあの冬から
電話も冷蔵庫もストーブも時計も
みんな同じ位置
変わったのは
愛と夢と多分、私

この光景をずっと見てきた
お気に入りの曲は
朝から晩まで流れていて
変わったのは
ベッドとソファと多分、私

あとはさほど変わらない
このタオルも　このぬいぐるみも
ずっとそばにあった　はず
変わったのは
周りの人と世の中と多分、私

「指先」

あなたが指差す未来を
一緒に見てみたい
愛されるより
愛するコトのほうが
難しく温かいと
教えてくれた人
その指先が触れる度
何かを一つずつ許し合って
何かを一つずつ共にして
未来を生きるコトを
誓い合ったのは
もう遠い日
あなたの指差すアルバムの中
一緒に笑う私でいたい

「ムスカリのあなた」

あなたが私に語ったたくさんのコトを
私はきっと忘れないだろう
ムスカリを見る度に
あの夏を思い出し
ゴディバのチョコを見る度に
あの冬を思い出す
年を重ねた日にくれた桜の花びらは
あの春の終わりを告げ
抱き締めてくれた日の鱗雲は
あの秋の夜長を教えてくれた
まるで当たり前の顔をして
今だって　いつだって
あなたはそこにいる
そんな日々をいつからか
幸せ　なんて思う

「ひまわり」

夏の青い風の中に彼女はひらり
雷を連れて夕立みたいに

早咲きのひまわりが
もう頭を垂れているのは

あの子の笑顔を
見続けたせい

今朝の蝉の鳴き声は悲しみの叫び
ママの代わりに今日は早くから泣いている

毎日の焼き魚の匂いが
あの日はなかったの

代わりに蚊取り線香なんて焚いたから
あの子はその煙に釣られてしまって

代わりに風鈴なんて飾ったから
あの子はその鈴に騙されてしまって

今更、漂うお弁当の香りは
ずっとあの子が抱き締めたかったもの

たこさんウインナーの代わりに
だし巻き玉子は花柄だったのに

遂にあの子が
それを食べるコトはなかった

そうしたら
あの気球より高く

あの子は言ってしまった
さよなら、と

明日の朝には
冗談よ、と笑うつもりだったのに

あの子には似合わないひまわりを
たくさん飾ってあげよう

今日はひまわりを
たくさん飾ってあげよう

「乱」

心をグチャッと
潰される度
息が出来ないほど
苦しくて

時が過ぎるのを
耐え忍んでも
死にたい気持ちは
真面目に復讐染みている

この世で一人
という存在が
自信の源になるコトは
もう二度とない気がして

万年筆で真実を突き
左手で己を突き刺す
乱れた文字に
私が蠢く

ほらもう、ぐっちゃぐっちゃ

「鎖」

ねぇ君、眠れなかった朝だから
ずっと紡いでいようか

涙を忘れるより早く
この身を捨てられるだろうか

目を瞑ったまま
この朝をなかった話にしたくて

明日という時間を迎えるコトを
もう辞めようか

最後まで生きるコトが
世界の約束だったら

もう誰も苦しまず
ただ命は繰り返すのだろう

ねぇ君、悲しいままの朝を
迎えなかったコトにしようか

「ふたりぼっち」

人生は孤独だね

そう言う私の隣で
君が笑っている

あれ？
君が笑っている？

人生は孤独だったっけ？

そう言う私の隣に
君がいる

人生が孤独なんじゃない
人が一人なだけなんだ

「氷雨」

今やもう全てが変わったのに
あなただけは
ずっと変わらずそこにいる
時々、後ろを向いたり
時々、微笑んだり
そんな私を
知ってか知らずか
あなただけは
ずっと変わらずそこにいる
出会った日から
もうどれくらいが経ったのだろう
今朝の雨は二人にとって
何度目の雨だろう

「最後の日」

あなたと別れた日
いつも私は思うのです
どうしてもっと
優しい言葉を
掛けられなかったのだろう　と

このドアを出て行っても
またこのドアから帰って来る
その日常が
当たり前だと勘違いしてるのは
私のほうで

もしも
今朝のおはようが
昨日のおやすみが
行って来ますのキスが
最後だったら　と思うといつも震えます

だから愚痴を零しながら
帰って来るあなたの溜め息を
私は抱き締めてしまうのです

こんな私を抱き締めてくれるあなたが
また愛しい　と思うのです

あなたの後ろ姿に
いつも思うのです
どうしてもっと
素直な愛を
伝えられなかったのだろう　と

「神」

この世に
たった一人
私をどこまでも愛し
私をどこまでも赦してくれる人
きっとただ一人
全てのコトについて
求め、縋れる人
その存在を知り
その存在から愛され
その存在に祈るコトで
私は生きて来られた、のかもしれない
日曜日の朝
また祈りながら詩う私がいる

「輪廻」

日曜日の朝
口遊む讃美歌は慰めだろうか

関わりを断つ度に
誰かが歩み寄る

一文字を編む姿が
心を整えるように

不安に晒されそうだから
静けさに留まりたくて

荒波と漣を繰り返しながら
どこを歩いて来ただろう

生きてさえいれば何とかなるコトも
きっと少なくないはずなのに

それでも歩くには辛いから
般若心経の夢を繰り返す

「story」

物語の始まりは
いつも雨だった

それなのに
今日はちらほら雪なんて降っているの

クリスマスだから
クリスマスだからなの？

あなたはあの日を覚えているかしら

雪は良いな
とあなたは言う

きれい
なんて言ってもらえて　と

雨は良いな
と私は言う

一年中
出番があって　と

私たちは知らない
傘にとっては
どっちもどっちだという現実を

考えてみれば
私たちも所詮はそんなもの
隣の芝生は青いもの

いつか私が一人じゃない気がしたのは
真っ白な雪の日で
クリスマスソングが

街中であるいは
あちこちの心の中で流れていた

あなたと見た夜景は
どれもいつも美しいのに

本当に美しいものは
いつもすぐそばにあったりして

他愛もない朝の光　が
他愛もない口付け　が
他愛もないケンカ　が

愛しいと教えてくれたのは
誰でもないあなただった

こんな朝にも
あんな夜にも

あなたは言うの

そうか　と

どれだけの日々
神に祈りを捧げただろう

朝に夜に頭を垂れて
夢見たのは

たった一つ
あなたの笑顔

またいつか　またいつか
と祈る度

傷付いて
立ち上がれないほど
傷付いて

あなたは言うの

そうか　と

この夜にあなたは笑っている
誰かと笑っている
私と笑っている

幸せ？　と聞くと
傷付きそうで
傷付けそうで

誰にでも　忘れられないコトがあり
誰にでも　隠し続ける嘘があり
誰にでも　許せない過去がある

少女だった私が知った真実は
そんな色をしていた

私がそう言うと
あなたは珍しく
何も言わずに頷いた

あなたはあの日を覚えているかしら

よく晴れた春の日だった
陽に照らされながら
ポツリ　ポツリと私が語った言葉

あの日も
あなたは言うの

そうか　と

あなたはあの日を覚えているかしら

夏を迎えるための雨が
これでもかというほど音を立てて怒っていた
現実から逃げた私の手を

グッと引っ張って
あの雨みたいに声を上げたの

初めて聞いたあなたの声に
ハッとした

私の顔を見たあなたは
ハッとしていた

あの日、あなたは言った
もういい　と

やがてすぐに夏になって

あなたはあの日を覚えているかしら

あの夏の太陽は
キラキラ　ギラギラ

痛いほど眩しく
心を　体を　突き刺した

なのに
いつの間にか　いつの間にか

あの日もそう
夏が終わったばかりの秋の朝だった

あなたはあの日を覚えているかしら

ひとりぼっちの部屋
繰り返し　繰り返し
同じコトを考えた

飛び込んで来たニュース　や
新聞を飾る文字　に
心、痛めながら

その驚きの音は
栗の実が落ちて来た痛さに
どこか似ていて

思えば人生は
いつも一人なのに

父が母が
あるいは多くの人が
そして遂にあなたが

私を愛し
私を大切にしてくれたせいで

いざ
一人だよ　と言われ
諭すように置いて行かれると

まるで
悲劇のヒロイン気分

けど
人生はいつだって一人のはず

あなたはあの日を覚えているかしら

私たちの
初めてのクリスマスだった

タワーを一周する頃
季節が一周しようとしていた
私は真っ赤なコートを着たの

震える私に
あなたが震えた

多くの人が
神の前で己を懺悔し
赦しを乞う朝

十字架までの坂道が
私の前にも立ちはだかって

長い　長い人生の
始まり　始まり

あなたはあの日を覚えているかしら

集中して仕事をするには良い朝だ
とあなたが言ったのは
年の始めの　週の始め

人生が

まさか

ばかりだと言ったのは
どこかの政治家だったはずなのに
この人生も

まさか

その例外ではなかったなんて
と言う私に

あなたは言うの

そうか　と

ニワトリが鳴く前に
３回嘘を吐いたペトロ

カラスが３回鳴いて
夢を見た私

神を裏切ろうとも
己を裏切ろうとも
所詮　みんな　裏切り者

なのに

スズメが3回鳴いた朝
私は言ってしまった

さよなら　と

大切な人だった　そのはずだった
大切にしていた　そのはずだった

思いやり　敬い合い　助け合い

これからも
ずっとそうだと思っていた
と語る私に

あなたは言うの

そうか　と

まさか
あの日が最後になるなんて

薬指にもらった指輪を
親指に嵌め始めたのは
今は遠い日

この日が来るコトを知っていたのは
世界中
きっと誰もいない

あなたはあの日を覚えているかしら

今夜は眠らせて
ずっと眠らせて

そう縋るように泣いたのは
バレンタインの夜で
星のきれいな夜だった

世界中に
どれほどの愛の言葉が
溢れただろう

そんな夜に私は
あなたの夢　みたいなものを
延々聞いていたの

時が過ぎ
また季節が一周しようとしている

本当に大切なコト
なんて

時が流れなければわからない
失わないとわからない

だから

人々は祈るの
少なくとも私は祈るの

なんて
思っていたら

現れたのは
バラの花束　と　似合わない顔

あなたはあの日を覚えているかしら

あれは
何度目かの誕生日
あなたは何も言わず微笑んだ

小さな音に体を怯ませ
小さな変化に心が
ドキッと音を立てる度

あなたは言うの

そうか　と

あんなに長く　こんなに長く
この日々が続く
なんて

少しずつ　少しずつ
何かが変わる足音が迫る

私は
ハッとして
あなたにしがみつく

あと少し　あと少し
このままで　と言ったのは
いつだったかしら

お願い、ここにいて　と
言う私に

あなたは言うの

そうか　と

優しさが突き刺さる
厳しさが突き刺さる

あなたはあの日を覚えているかしら

静かな夕方
湯船に浸かる
波打つお湯の中

ギョッとすると

この胸が
そう、この胸が

まるで人間みたいに動いているの

思わず叫ぶ
助けて　と

いつだったか
叫んだ日の声に似てたせいで
あなたは飛んで来た

裸の私　を
抱き締める姿は
私に産着を着せた母の

あの温もりさえ携えていて
あの日のように
私は泣き崩れるの

鎧を脱いで
己を捨てて
誰にも知られないように

ひっそり
と生きていく　つもりだった

そう言った時も

あなたは言うの

そうか　と

そして
人間だから　と

その笑みが
安心した顔をした
安心した顔にした

あの日の約束を
果たしたイブの日

あなたはあの日を覚えているかしら

もう何度目のイブだっただろう
あなたが言った

あの日の私の言葉
それは
あなたとの約束の言葉

幸せ？　と

その言葉は
あの日の約束

そう、あの日の約束

第 2 章　それまで

対峙する度
抱き締め
泣いてみる
問い質し
また蹲る
微笑む度
殴り返され
歩み寄っては
裏切られる

自分を繋ぐ唯一
みたいなものを
この手で探してる

「kiss」

力尽きて眠る君
何を夢に見ているのだろう
今日の疲れなど
その椅子での居眠りでは
到底、取れないだろうに
まさか僕が
こんなに早く帰って来るなんて知らずに
いつも用意してある夕食は
まだ下ごしらえのまま
何かを作る前に
その椅子に座ってしまったの？
それとも今日は遂に
夕食なんて作らない　と
僕に反旗を翻したの？
今、君に　ただいま　の kiss をしよう
僕のいない時間に
君は一体、何と闘ってたの？
今、君に　お疲れ様　の kiss をしよう
さあ、起きて
今度は僕に　おかえり　の kiss をしておくれ

「宝探し」

霧が降る弥生の朝に
気持ち
みたいな
言葉を探す

神経衰弱
が得意だったのに
いつの間にか間違い探しの顔付きをして

言葉
が散らかったままの部屋で
私を始める

後悔
が突然に
寂しさを携えて訪れる頃

桃が散る西の空に
己
みたいな
言葉を紡ぐ

「日常」

器が二つ
箸が二膳
見慣れた光景
いつもの景色
いつから当たり前になったの？
恋のトキメキが
愛の囁きに変わり
心の拠り所になった
どんなに泣いても
どんなに笑っても
今日もそこにいる安心が
目を瞑る安らぎになる

「続・君へ伝えたいコト〜 Given 〜」

君は覚えていますか？

何かをして欲しいのなら
君がまず何かをしなさい
誰かに優しくされたいのなら
君がまず誰かに優しくしなさい
誰かに愛されたいのなら
君がまず誰かを愛しなさい
何かを与えて欲しいのなら
君がまず何かを与えなさい
人が両手に抱えられるものは
限られています
それ以上を持つ必要もなければ
それ以上を望む必要もありません
命に必要なものは
すでに備えられています

いつか一人になる君へ
伝えたいコト
望まなくても全てを失う日が来ます
同じように望まなくても全て与えられているのです

56

「続・君に伝えたいコト〜 Friend 〜」

君は覚えていますか？

何でも語り合える友を
２人以上作りなさい
良いコト　も　悪いコト　も共有し
様々な事柄について論じ合い
時にはケンカもしなさい
互いの良いところ　悪いところ　を知り
補い合う関係でいられるように
常に彼らに心を配りなさい
彼らは君の知らない様々なコトを
教えてくれるでしょう
そして彼らに
君が既に知っている様々なコトを
知らせてあげなさい

いつか一人になる君へ
伝えたいコト
時代を共に出来る喜びを彼らと共有しなさい
それは君の宝となります

「働き者」

人々が
吸い込まれるように歩く家路
その道を
誰もが急いでいる
その先には
何があって
誰が待っているのだろう
今日もまたどこかで
何かが始まり
今日もまたどこかで
何かが終わっていく
その重荷を
みんなが背負って
蟻地獄を蟻が行く

堂々と蟻が行く

「波」

この朝は
きっと残したい朝で　ただ後ろめたい朝

目の前の全てが色褪せたまま笑う
この言葉さえ薄っぺらいままに

それは
生きている、という　不安

全部、嘘だったら楽なのは
昨日という日の素敵な余韻

この朝は
きっと憐れみ深い朝で　ただ頭を垂れる朝

目の前の全てを嫌いになれなくて
この言葉さえ微笑み始める

それは
私である、という　戒め

「赤信号」

自分が灯るコトで
誰かの心を止める

ほんの2分間
あなたを射止められたら

世の中は
どれほど美しいだろう

私が変わらなくても
人々は先を行く

犯人探しの形相は
あなたが犯人だからなの

あなたはまた裏切り者の顔をして
私を置き去りに走るけど

点滅する私を放っておくから
こういうコトになるんじゃない

そっと灯るコトを辞めたら
世の中はどうなるだろう

今はただ
己を見つめるしか術がなく

神経質な息をする度に
誰かの瞳が私を突き刺す

「宝物」

君を抱く幸せを
ひっそり
噛み締めて
マーケットの帰り道
いつからか
長い影が伸びる

このまま二人
ひっそり
狂い落ちようかと
真夜中に瞳を濡らしたのは
もう遠い昔の話
懐かしさみたいなものが押し寄せる

宝物を
ひっそり
抱いて歩くのも
案外、悪くない気がした

「残飯」

人生の残り物　みたいなものを
一つ一つ整理するのは
途方もなく疲れる作業で
人生に思い出がたくさんあればあるほど
捨てられないものばかり
私がいなくなれば
それらの意味などなくなるコトは
遠い昔から知っているのに
やり残したコト　なんて
ずっとないつもりだった
それなのに
もう旅立ちの時だよ　と
いざ、言われると
これもしておきたければ
あの人にも会っておきたくて
これまで有り余るほど
時間があったはずなのに
人生にはやっぱり　余り　なんてないのね

「続・君へ伝えたいコト〜 Money 〜」

君は覚えていますか？

この地上で生きていこうとする時
お金の心配をしてはいけません
それは不必要な心配です
これまで何度も伝えてきたように
必要なものは
全て備えられています
もし君が蓄えたいのなら
天に愛を蓄えなさい
多くの人に　神様に
愛を施しなさい
それらがなくなるコトはありません
君が愛を蓄え続けるのなら
神様は何倍にも　何十倍にもして
君を愛して下さいます

いつか一人になる君へ
伝えたいコト
目に見えるものだけを信じてはいけません
大切なものは目に見えないものです

「続・君へ伝えたいコト〜 Heaven 〜」

君は覚えていますか？

そこは悲しみ　も　苦しみ　もなく
笑っていられる場所です
ただ誰もその場所に入るコトは出来ないでしょう
その場所に入るために
必要なコトは何だと思いますか？
それは善い行い　や　たくさんのお金　ではありません
むしろそれらが
その場所に入るために必要だと考えるなら
君は永遠にその場所に入るコトは出来ないでしょう
その場所に入るために必要なコトは
たった一つ、とても簡単なコトです
ただ素直に神様を受け入れるのです
それは誰にでも出来るようで
誰にでもとても難しいコトです

いつか一人になる君へ
伝えたいコト
天国で再会したいと願うなら
今すぐ神様を受け入れなさい

「続・君へ伝えたいコト〜 Die 〜」

君は覚えていますか？

これはとても大切なコトです

君は　死　について
どんな風に考えているでしょう
悲しく　辛く　立ち直れないものでしょうか
命を大切にしなさい　と
有り触れたコトは言いません
そんな言葉以上に
命は　苦しく　辛い　ものです
だから私は君にこう言います
神様に喜ばれるようにいなさい
きっとどのように命を使えばいいのか
見えてくるはずです

いつか一人になる君へ
伝えたいコト
君の命は一つしかありません
それでも君の命は君だけのものではありません

「時代　壱」

世の中バブルバブル
時代はイイ感じ
だったのに
いよいよランドセルを背負ったら
あれっ
弾き出された奴らと一緒に
はしゃぐ明日
こんなはずじゃなかった
と
叫んだ時には
もう誰もいない部屋

「時代　弐」

拳を突き上げた政治家に
世界が揺れた
はずだったのに
本格始動もしないまま
あれっ
今回もあれっ
期待に踊った奴らと一緒に
はしゃぐ画面の中
こんなはずじゃなかった
と
見えない世界の向こうには
もう誰もいない部屋

「時代　参」

おしゃれをしてメイクをして
心に魔法がかかった
はずだったのに
白馬の王子様に
愛なんて誓ってみたら
あれっ
またもあれっ
みんな友達と言った奴らと一緒に
はしゃぐ写真
こんなはずじゃなかった
と
メモリーからアドレス消した時には
もう誰もいない部屋

「時代　肆」

大切な　物は　者は　何か
と
迷い続けた結果
決めたつもりだったのに
何も変われず
あれっ
回り回ってあれっ
時代を共にした奴らと一緒に
はしゃぐ今日
こんなはずじゃなかった
と
後悔と納得の狭間には
もう誰もいない部屋

「時代　未」

まだ見ぬ未来にコインを投げて
今日も占う明日という日
明日もここで
夢を追いながら
あれっ
地道に生きる奴らと一緒に
はしゃぐ明日描いて
こんなはずじゃなかった
と
きっと嘆く先には
もう満たされた道

「カブト虫」

カブト虫を埋めた朝は
まるで夏の終わりみたいな
涼しい朝で
一昨日の派手な花火が
まるで嘘みたい

もしも命が繰り返すなら
また今度も
私は君と夏を生きるだろうか
一緒に笑って　一緒に泣いて
カブト虫に齧ったスイカをあげて

甘い蜜に辿り着くのは
いつも苦労したのに
君がベッドの中で
私を抱き締める度
微笑むコトが出来る

カブト虫を埋めた朝は
まるで少年だった君が
大人の瞳をしていて
去年の半ズボンが
まるで嘘みたいな優しい手をしている

「組成」

自由と孤独は紙一重
孤独と個性は筋違い
集団と群れは見当外れ
夢と幻は似た者同士
真実と嘘は隣合せ

あなたと私は
水と油

「命という生業」

生きるという仕事の先に
生き終えるという仕事があり
その前に幾度か
見送るという仕事がある
誰もが通る道であり
誰もが流す涙であり
その前に幾度か
誰もが握る拳がある
人である前に
己であり
己である前に
我である
生きるという今の先に
生きているという未来があり
その後に必ず
死ぬという現実がある

「儀式」

人と人の繋がりが途切れる
命の息が止まり
一人は違う世界へ
一人は取り残されて
命と命の繋がりが途絶える
息の音が止まり
一人は歩みだし
一人は立ち止まる
あちこちで繰り返される命の期限
永遠の宿命

「懇願」

君が拒み続けた春にも
美しさと愛しさがあるコトを
どうか忘れずに
時折
愛を押し付けたコトを
夏の間
どれほど後悔してきただろう
秋の夜長の足音に
今年も私は怯えている
君がいない日々が
もう一周してしまった
人は皆
生まれる度に
死んで逝くものだと
君が語ったベンチはまだあるというのに
もうすぐそこには
雪さえ積もるだろう
春を迎えられない儚さが君にはあったけれど
もしも許されるなら
この桜と共に拝みたかった
君はどんな句を詠んだだろう

「連鎖」

また春が来るという約束に安心して
生き物は眠りに就き

野の花は死ぬ

また必ず愛されるという安らぎの果て
美しさが腐って土に戻る

冬が始まるまでの
静かな時を

誰かの靴が踏み付けて

私が吐いた言葉に
誰かが立ち止まっている

微かに震えた唇が
今はもう

倒れ込むほど恋しくて

誰かの心の騒ぎが
この指に性懲りもなく響き渡る

きっと私も
いつかは子どもだったと知るには

あまりに冷たい朝だった

「後悔」

眠りの前、私はいつも
あなたより
原稿に口付けしていた

そんな私に
あなたはいつも
微笑んでくれていたとは

知っていたような
知らないような
知りたくないような

けれどもしも
そんなあなたを
見つめていたなら

あの日、私は
その唇に
短く口付けしただろう

「四月の詩」

誰かが最初を引き受ける
三月の白さが終わる
過去になろうとするものたちが
柔らかく綻ぶ

言葉と時間が足りない
ついでに
安らげる場所と静かな心も
何処かに忘れたままで

四月が薄紅に色付く
心づもりのないまま
秘密が剥がされ
大人にさせられる

それでも人々は嘘の中を歩く
鯉のぼりは溺れたまま今年もきっと助からない
だから一輪の花を着飾って
自由という責任を握る

「story 2」

物語の続きは
いつも雨だった

それなのに
今日も変わらず太陽が

街を　私を　あなたを
照らし始めたの

夜明けだから
夜明けだからなの？

この朝も
あなたは言うの

大丈夫か？　と

まるでお決まりのセリフは
変わらぬ朝のコーヒーの香り

あなたはこの日を忘れないかしら

一つの命に
二人で泣いた日

あなたはあの日みたいに
空を眺めて微笑んだ

まるで
夢　みたいな毎日が始まった日

幼いと思っているのは
自分たちだけで

子どもだと思っているのは
我が親だけで

数年前より
年を取った　はず　の二人は

今日も変わらぬ朝を
生きているの

あの子は産声を上げ
歩き始めたのに

あの人は病の床に臥せたと
知らせを受けて

それなのに
今日も変わらぬ朝を生きているの

変わったコトは
二人の間に

絆　みたいな約束が
出来上がったコトくらい

この朝も
あなたは言うの

大丈夫か？　と

まるでお決まりのセリフは
永遠の優しささえ含み始めていて

ある日の昼下がり
あなたが受話器を手に固まった

裏切りのように
よく晴れた穏やかな午後だった

あなたはこの日を忘れないかしら

そしてあなたは
いつかの言葉

そうか　と

声を掛けずとも
何かを問わずとも

あなたの悲しみの涙が
まるで津波の如く伝わって

そっと差し出した手の平と
抱き寄せた肩

それはいつかあなたが
私にしてくれたコト

それが愛だと
あなたは教え続けてくれた

だからこんな朝は
せめて私が

それを
差し出したいの

けれどこんな朝だから
せめてあなたは強がって

それを拒んでみせて
その背中が全てを語る

だから今日は
私があなたの言葉を

大丈夫か？　　と

あなたはこの日を忘れないかしら

いつだったか
教えてくれた日があった

近くの駅からは
最終電車のベルの音

人は誰にでも
堪え切れない涙があり

それを静かに
抱き締めてくれる人がいるコト

君も僕も
そうやって生きて来た　と

そのはず　と

そしてやがて
君も僕も
誰かのそんな存在になる　と

そのはず　と

あれから季節は
もう何周したかしら

この朝に
私は何も言わない

誰でも抱える涙の一片を
せめて私にも

と、祈るだけ

あなたはこの日を忘れないかしら

いつだったか
同じような悲しみを背負った日

あなたは言うの

大丈夫か？　と

私の涙が夕立の雨に
掻き消され

悲しみの怒りが
心を掻き乱した

まるで遠くを見つめ
私の涙に寄り添いながら

あなたは語った
どうやって生きて来たのか

若かったあなたが捨てた街に
まさか二人で訪れるなんて

あなたはこの日を忘れないかしら

海に浮かぶ観覧車も
都会と田舎の混同した街並みも

何処か懐かしいのは
きっと全てがあなたの一部だから

もう一度
話すつもりだった

そう呟いたあなたの瞳は
遠い日を見つめていた

空に一本の煙が上がり
あなたの溜め息を巻き込んで

人生の終わりの

儀式

が全て終わる

大人になったあなたと
まさか二人で帰路につくなんて

また来ようと呟いた私の唇に
短いキスをした

あなたはこの日を忘れないかしら

そして

あの人の名前を一文字
とあなたが呟く

名前なんて
親からの呪縛の一歩

そう言ってた　はず　のあなたは
いつの間にか親の顔付き

あの日の続きの雨が
今日も　地面を　心を

二人を
漏らしていく

それなのに
今日も変わらず夕陽が

街を　あなたを
照らし始めたの

物語の続きは
今日も雨だった

第3章　あれから

白く整う朝に
心が詰まる

溢れ出るのは
涙ばかりで

気持ちが滞る

その文字が一つずつ
息の場を失って

黒く汚れた朝に
心が詰まる

「階段」

昨日と今日の違いは
何なのか

昨日、笑えたアレを
今日はもう笑えずに

今日が終われば
私は一つ

人生の終わりに
近付いていく

明日が終われば
また一つ

命の灯が
翳_{かげ}り出す

昨日と今日の違いは
何なのか

「禁じられた遊び」

夜明け前の一筋に
優しい色が
ほろり
と揺れる

誰かが私に触れる度
心が逆撫でられる
前置きのない朝のように

世の中が冷淡に青い

あざとさの
一瞬の隙
を生き抜ける

一滴の朝が私を汚す

針を落とす度
あの日のノクターンが
鮮やかに蘇る
偽りの夕陽と共に

厳しい瞳の先
という距離が
私には必要で

あれから私は、あれから、私は

「ノクターン」

晩祷の祈りに
今、針が落ちる

人は必ず死ねるというコトさえ
さらさら知らずに

死に逝く人は
どんな気分なのだろう

裏切り者だと罵るのは
いつだって簡単で

ストラディバリウスが響く時
志が静かに立ち止まる

愛を断つ理由なんてなかった
投げたコインが裏側だっただけの話

小さな花束を抱いて
ただ一人、この道を行く

いつも、いつでも
もう戻っては来ない

昨夜の讃歌に
永久の慰めあらんコトを

「冷えた月」

深い悲しみみたいな憂いが
私を呼び寄せる

悲しい朝に
お気に入りを抱き締める

$\qquad$ 時間と言葉を
$\qquad$ 忘却する

居心地の良い泥濘（ぬかるみ）の
孤独という勝手な病

生きているコトを忘れないために
チョコレートをかじると

$\qquad$ 君の笑顔を一つ
$\qquad$ 今なら無限に書ける気がして

何かを食べる度に穢（けが）れる手を
拭い去ろうと試みながら

唯一の優しさみたいな憂いに
月が堕ちていく

「宿命」

生まれる奇跡が
生きる呪縛に変わる

長い　はず　の
人生の中で

愛を知り
夢を見る

時々、後悔をして
時々、怒りさえ覚え

死ぬ運命が
死んで逝く恐怖に変わる

「驚愕」

この世の愛しさに
一滴の墨が落ちる
まるで涙と呼べる儚さ

美しい苦しみに
多くの人が
生まれては死んで逝く

時々
誰か　に触れては
驚くコトばかり

ほら、あなたも私も
この世の美しさに驚いて
まるで人間の顔している

「夜明け」

穏やかな夜明けが過ぎる
突然に
慌ただしい朝が始まる

母の胎から生まれ出て
突然に
人生が始まった日のように

今日も
朝の電車は混み
道路は渋滞する

若き頃
問題集に行き詰まり
恋人に懊悩した日のように

「唯一の希望」

沈黙の日々
この心で
騒ぐ音がする

この世もまた
こんなにも
涙に濡れるのか

まるで
妖精が踊りそうな春の日は
何処へ消えただろう

消えてなどいなくて
あの日から
姿を消したのは私にしか過ぎない

だから語り出そう
生まれた後悔と
終わりの日の希望を

「その約束から」

生まれる約束
と
死に逝く約束
を人は抱え

生きる約束
をするのに
人として
何も決められない

運命に巻き込まれる約束
を
拒むコトさえ
出来なくて

神様が
行っておいでと言ってから
おかえりと言う日まで

ただ　生きる

「泥濘」

これが
きっと最後のクリスマス

けれどこの身を投げても
愛で柔らかくなった地面が

醜い肉の塊を
悲惨に受け止めてしまう

多くの人は
それを救いだと言って

まるで私を
笑わせる

この世は
優しい泥濘らしい

「聖別」

日曜日の何もない朝に
己の罪を想う

死の淵を行く時も
喜び舞う時も

神はそこにいると語り
それを信じるコトは容易なのに

今ここに
神はいるだろうか

この朝を聖別せよ
毎日を聖別せよ

あの日から毎日は新しく
ほら、私はここで生きている

「白夜」

どうしてこんなにも
世の中というものは
騒がしいのだろう

振り返る足元が
最高に騒いでいる

白々しい夜が明けないまま
白々しい嘘を吐く

本当のコトは
人々の胸の内に秘めたまま

私もまた一人であるという真実を
ひた隠しにして

どうしてこんなにも
人間というものは
騒がしいのだろう

「帰宅」

静寂が破られる

あの日
母の胎から生まれ出た慄きを
思い出す

雷みたいな世の中は
一歩間違えれば地雷だらけ

この瞬間
誰かを愛していても
まるで御構い無しで

この世の中は
誰が偉いわけでもないのに

誰か寄り添ってあげてくれ
荒ぶる心が
漣に変わるように

ただ、祈り続ける

「朝」

昭和の団地のような
狭いキッチンに立って
どれくらいが経っただろう

毎日は愛しい、と
笑う私は変わった

こんな毎日を生きるなんて
思ってもみなかった

こんな場所に幸せがあるなんて
知りたくもなかった

人は変わるね、と
笑うあなたが愛しい

時代は変わったのに
変わらない二人になって
どれくらいが経っただろう

「タイムカプセル」

てんとう虫の羽音は
聞き取れないほど無意味に近く
桜の花の消息は
小さなニュースになるほど重要だった

春の先取りは
いつだって少し冷ややかだったのに

羽の準備は
遂に出来ないまま

ワンピースを買おうと思っていたんだ
真白のワンピースを
結局、纏う勇気がないまま目眩がして
誕生日に桜は散った

まるで
手に負えない悲しみだった

ほら、多くのコトは
酷い話なんだ

「大気汚染」

地球は
みんなに踏まれて
痛くないのだろうか
みんなを支えて
重くないのだろうか

空気に
もう少し
しっかりしてくれ、と頼む度
汚された空気は
溜め息さえ許されない

太陽や月に
もう少し
引っ張ってくれ、と頼む度
時々、人間が忍び寄る恐怖を
延々と語る

過ちを繰り返さない
安心して眠ってくださいと
先人たちは口を揃えたはずなのに

喉元過ぎて
排出されたのだと思う

この子を
愛を持って育てると
誓った相手は私ではなくて
私を満たしたのは
ずっとコークの泡だった

嘘の始まりは
どこだったのだろう
私の始まりは
どこだったのだろう
それさえもきっと泡の中

もしかしたら
その泡は
地球を覆うはずの
優しい空気だったのに
汚したのは誰でもない私だ

「出梅」
しゅつばい

お気に入りの万年筆が現実に似合わない
夕立ちみたいな雨と
お祭りみたいな青い土の匂い

食べかけのリンゴ飴を
また手にするコトはなくて
いつか死んだ蛍は
もう二度と私に抱かれないのに

灯籠が水面に光る夏が来る

いつかの金魚が溺れ続ける
まだ生きているのか？　と問われながら
今日も同じ場所を行くのに
遂に的は射れないままに

表紙に踊る文字が打ち上げ花火みたいで
あの日の浴衣は
未だに身丈が合わないけど

線香花火が儚く燃える夏が来る

114

「忘却の彼方」

時々
忘れてないよ
って聞かせて欲しい

きっと
見えない約束
を繰り返してきた

今日はいつかの日の未来に
立っているだけ
ただそれだけ
たったそれだけ

未来や私が
広く大きくなる度に
過去が小さくなっていく

時々
忘れてないよ
って言わせて欲しい

「愛しい朝に」

私が余白を生き始めた朝は
永遠の少年の birthday

あの日みたいに誰かさんはいない

いつもの毎日が少しずつ違うけど
この朝にたっぷり濃いコーヒーを

まるで愛しい人生みたいに、ね

自由な呼吸は
きっと、もう戻っては来ない

そもそも自由って何だっけ？

眠りたいという願いが
明日を迎えたい理由だから

この身を根こそぎ洗いたくなる

指先に可愛さの欠片を落としながら
裏切る音をわざわざ探しに行くけど

私は一周して戻って来る、きっと

愛しい、と思う
魂の全てが愛おしい、と

人間みたいな私の全て、が

「駅」

学生時代にはしゃいだ駅に
一人、立つ朝
もうあのクレープ屋さんはないんだね
元気にしてますか？
私は何とかやってます
あの頃
こんな朝が来るコトを
私たちは知っていたのかな
とりあえず
とか
仕方なく
とか
そんな言葉を
誰よりも嫌っていたはずなのに
とりあえず仕方なく
今朝、私は
この電車に乗ります
それが仕方なく
生きる理由になってしまっても
とりあえず
次の駅まで揺られてみます

118

「夢の続き」

田舎の商店街の突き当たり

海と山に挟まれて
みんな知り合いの小さな街
古ぼけた懐かしいお店

ステンドグラスがあって
針を落とせば
レコードが流れる

お花屋のおばちゃんに
昨日、分けてもらったピンクの花は
なんて名前だったっけ？

今日は
お気に入りの花瓶に挿して
出窓に置くの

コーヒーの雫が
ポタポタ
落ち始めたら

OPEN の看板を出そう

壁に飾られたいくつもの笑顔は
いつかの思い出
あの人は元気かしら

私がここで
こんな暮らしをしているなんて
きっと驚くでしょう

お昼から雨だと
ラジオでまーさんが言ってたから
今日のランチはお休みしよう

一番客はいつも
朝の仕込みを終えたばかりの
ラーメン屋のおっちゃん

約束なんてあるわけなくて
連絡先なんて
知るわけもない

雨が降る前に
黒ネコのチビは
帰って来るかしら

チビが帰ったら
焼き魚の尻尾をあげて
ベランダで新しい絵を描くつもり

じっとしていて
と何度言ったら
聞こえるのかな

チビみたいに
自由に生きたいと
ずっと思ってきたのに

不安なコトもあったりして

この街は
いつか旅した街に
よく似ていて

みんな
少しずつお節介で
少しずつ寂しがり屋

あの日
捨てた夢を
拾いたくなったのは

私の弱さかしら
それとも
この街の魅力かしら

ここで紡ぐ夢を
また一つ
増やしたくて

今日もあの日の続きを生きている

「左手の負い目」

ならまちの澄んだ冷たい空気と
ワクワク漂う緊張が大好きだった
ライトに引き寄せられる人々が
蟻地獄に引き摺られて行く
こんな世界にようこそ、と笑う自分の汚さに
吐き気がする七日間

夢を精一杯に広げていた
はず、だったのに

ネクタイは私を縛り付ける首輪で
ジャケットは涙を隠す鎧に
万年筆のペンだこは作り笑顔の道具に変わった
誰か　や　何か　の助けなしに
立てないほどフラフラで
蘭の香りが清純を裏切り始めた春

紡ぐ愛しさを想う度
そう、きっと許されたかった

「我、十有五の志」

スミレの花にバイバイした春
藤棚目指して長い坂を上った

礼拝堂で誓った未来など
早々に
破り捨てるつもりで

夢や希望という人生の保証を
ぎゅうぎゅうに詰め込んだ鞄は
尊く重たかった

みんな
という言葉に安心しながら
心の奥で拳を握る

肩を並べた学友は人間の肌をして
笑いながら廊下を走ったけど
私には楽しさの欠片も転がらなかった

普通から離脱した春
虹色に夢が咲いた日

August. 9　「祈」

永遠の光あらんコトを

その朝でさえ
祈りは捧げられ
慰めは永久にあったはず

罪を犯したのは
人だろうか
憎むべきは
ただ黒い雨だけに

雨を降らせた苦しみさえ
神に差し出す朝
過去の罪に
頭を垂れる愛しさを

この朝にも
神の赦しを与えられ
全てはただ御手のうちに

永遠の慰めあらんコトを

「迎え火」

この朝は
まだ遠い夜

神の讃歌を愛の慰めに
ゆっくり十字架まで進む

苦しみを抱える愛しさを
灯籠に乗せて

あなたを迎えるには
まだ遠い朝

生まれ変わりの魂が
どうか作り話であって欲しいのに

この横顔がモノクロ写真に
どこか似ていて

私が逝くのは
まだ遠い明日

August.15 「悼」

正しさが死んだように
寝息を立てる

週の嘆きを吐き出す道なく
過去の嘆きに立ち止まる

遠い明日を詠む日
夢はどこを歩いているだろう

誰かの死の果てに
私たちはいる

人を殺し
人を尊ぶ

亡き人を悼む時
過ちはどこを彷徨っているだろう

「約束」

穢れを飲み込むために
震えて横たわる

もう誰も触れないで
と祈る私に

バカみたい
と誰かの声がする

この話は最初から
愚の骨頂なのに

苦しさを責める動悸が
体を覆い尽くして

胸騒ぎを止めるための痛みを
また手首に作る

どんなに話が変わっても
後悔はしないように

願えば願うほど
歩かない道を選びたくて

私が負うべきは
ただ生きるコトだけなのだろう

第４章　そして

あれから、という時間と
これから、という時間が
私を挟む

続く時間の中に
また一つ
言葉を落とす

あれから、ずっと
これから、きっと
私が続いていく

「タイトル」

何万回も書いてきた一行に
意味があったコトなんて
数えるほどしかなくて

最初の一行が
私は今日も嫌いだった

その言葉のために
死んでいった私は
今日まで何枚あっただろう

ほんの些細な一言に
息を詰まらせて

理不尽さの塊が
まるで
私の名前に似ている

一人歩きするその一行に
真実を伝える難しさが
いつまでも付き纏う

「片隅」

始まる部屋の隅のほう

言葉の中に私がいて、こうして頬杖をつく
今更、肘が赤くなった
けど、そんなコト、誰も知らない

あの傷はどうなっただろう、と袖をめくる
あの時、何かが溢れ出て、心がいっぱいになった
けど、もうここには誰もいない

だから、肌に思い切り刃を当て、血を溢れさせる
その瞬間に、接続詞が間違いである、と気付く
けど、そんなコト、誰も知らない

一歩も入れない心の隙間を作る
昔、この隙間まで、人が雪崩れ込んで来ていた
けど、もうここには誰もいない

本当に私は一人なのだろうか

「週の終わりに」

今夜、死にたくなったら
どうしたらいいですか？

それはダメって言うわりには
そばにいたコトないじゃない
笑わせないで

辛さを声に出したら
苦しさを言葉にしたら
やっぱり怒りますか？

ところどころ
人生がおかしなコトになったけど
ずっと死にたくて

今夜、私が死んだら
もう土曜日は来ないのだと思うと
少し悲しくて気楽になって

今夜、死にたくなったら
どうしたらいいですか？

「真夜中と夜明けの狭間」

幸福を切り離したはずの手が
言葉を握ったまま
眠っていた

まるで真夜中みたいな顔をして

うんざりする日常を
美しく紡ぐには細さが足りなくて

見つめる手首が脈打つ
いつか言葉さえ握れなくなったら
この身を許せる気がしている

そう、死のうとしていたんだ

空っぽの体が汚れていくコトが
耐えられなくて
切れない鎖を数える

まるで夜明けみたいな明るさに
毎日の全てのコトが
人生を変える出来事のはずなのに

この胸騒ぎは
きっと平和なはずの空に
永遠に静まり返るのだろう

「reason」

吐き出せなかった全てを飲み込み
己の過ちに目を瞑る朝
甘ったれた寂しさが
これでもかと押し寄せる

赦しを乞う姿は見窄らしく
穢れを恐れる祈りは白々しい
指から零れ落ちる清さが
まるでこの朝でさえ息を飲む

恐いんだ

失いたくない全てを段組みに詰め込み
あの日の理由を一つ、二つ、三つ
冷えた指先が万年筆を片手に
言い訳をくるくる回す

今更、浮き彫りになった骨に
しがみつくのは
僅かに残った私らしさの欠片
まるで考え込む尊い姿

この手が握る全てを放り出し
助けて、と言いそうになる度
だから言ったじゃん
と誰かさんの声がする

立ち上がれない程
この体が震え出すと
己の弱きを
まるで見つめそうになる

恐いんだ

愛しさの全てを抱き締め
素敵なコト　どこまでも
君との約束は
唯一の優しさと孤独な歓喜の狭間に揺れて

鏡に映る自分が
人間の顔をして笑っている
許し許されたかった
まるで愛されない理由だと信じたくて

恐いんだ

「呪われた火曜日」

日曜日の油注ぎが燃え尽き
いちじくが呪われた火曜日に
金曜日ほど愚かになれず
陰府(よみ)の恵みの土曜日は程遠い

命を営むコトが向いていない
と思う
あの子みたいに
優しく微笑み返すコトが出来なくて

明日を描き
長い祈りを捧ぐより
昨日を振り返るほうが
得意で簡単で

人は誰でも
死んだコトもなければ
生きたコトもなく
必ず死ぬ約束なのに

人の足を洗う優しささえ
誰一人持たないまま香油を垂らし
死んだらダメ
なんて笑わせる

人生が続くつもりなのは
私の勝手な話で
本当は身代わりの愛でしかなく
贅沢な絶望だと思う

二度と後悔しない人生を
と誓ったはずなのに
苦しさよ
今日までの日々をおめでとう

「制裁」

おやすみが終わらない朝は
きっと死んでしまえばいいのだろう

何かを激しく傷付けたくて
ただ空が青いコトが許せない
誰かを受け入れると
この身が優しく汚れていく

一つ一つ
数え歌を口遊んで
遠い何処かを歩く度
蜘蛛の糸が落ちて来る

だから今日は糸を切る
ボロボロになるまで
本当に断ちたいものは
そんな優しさではないと知りながら

おはようが苦しい朝は
きっと死んでしまえばわかるのだろう

「余白の中に」

己の弱さに右側が熱くなる
涙を溜めた瞳みたいに
いつからこうやって
生きているのだろう

紡ぐという虚しさと
編むという孤独を
無防備に吐き出しては
一人、勝手に震え上がる

言葉に当てはまらない影が
一気にまとまって
唐突に私の手を引っ張る
死にたい、と

余白の中に寂しさが蠢く
両手を見つめた人間みたいに
いつまでこうやって
生きているのだろう

「着せ替え人形」

目覚めた朝に立ち尽くす
周りがそれを許さずに
誰かが愛を理由に選んだ服を着る

一つ汚れ
己を辞める

ただの人間
を許されたかった

夕立の雷に永遠の劣等が
着たかった服を引き裂いて
ここにはなかったコトにする

一つ忘れ
己を失う

人でしかないコト
を誇りたかった

夜明け前にこの姿を
決して愛してもらえない運命が
責め立てるように裏切り始める

一つ傷付き
己を殺す

生きているコト
を残酷な祝福が包み始める

「火曜日の雨」

春の疼きは冷たく激しく
心から
息吹を奪い取る

橙の夕暮れを通り越し
きっと今こそ
あの日の白い約束を

正しい優しさを
差し出されそうな予感に
思わず幼さが首を振る

疲れた重荷を
引き受けて欲しいのは
あの日に捨てたはずの私だけ

水溜りに幻の地団駄を踏もう
傘を差さないまま
矛盾した足を鳴らして

「なし崩し」

思い出のレコードを
粉々に割りたくなる朝

己の弱きを抱き締める
左胸が脆く温かい

ここにいる理由が
もう後ろにはなくて

言葉と心が
別々に動き出す

昨日の雨の続きに連なる
この朝はまだ夏の前

大丈夫
きっといつか雨は止む

目を瞑った先に崩れたのは
レコードではなく私のほう

「咎」

こんな誕生日は
きっと忘れないだろう

神様が裏切る音がする
どんなに祈っても

誰も帰って来なかった夕方の雷みたいに
人はみんな勝手なんだ

己が溢れ出た日の夕暮れに
刃を置いて言葉を握る

誕生日に知った己の騒ぎを
一つずつ紡ごう

終わりと始まりの愚かさを泣きたい朝は
誰かをすごく愛したいだけ

全ての命の営みが
愛ゆえに行われる日常が息苦しい

愛して欲しい、と
命を懸けて叫んだコトが

そんなに罪深いのだろうか
私だって生きてるんだ

自分を失い、言葉を失う
頷くより首を振るほうが簡単で

私を辞めると
ほら、こんなに静かで

激しく露わな涙より
きっと真の己を見せたくなくて

誰かさんが揺らがないコトを
とりあえず知っておきたかった

朝の傷と一緒に隠した己が
ホチキスで封をされたまま

私と共に机に転がっている
来たる週の歩みを共にしてみようか

見つめた左手で抱く言葉に
約束を始めようと誓う

神の子が愛ゆえに復活した朝が来る
命が輝く汚さは変わらない

満たされない愛の代わりに
今日まで何本のコークが

この喉の渇きを
満たして来たコトだろう

人を求めるコトを
禁じられる世の中で

私が失うものは何だろう
最初からこうだったじゃないか

その愛が役目を失っても
その歪んだ絆が壊れても

言葉を愛でる毎日は
きっと変わらないはずなのに

寂しいという言葉を
少し添えれば

この気持ちは
美しくなるだろうか

土曜日を抗う度
己の咎を一つ知る

一つ一つを
解いてみようか

こんな誕生日は
きっと記念になるのだろう

「Wi-Fi」

誰のせいでもないコトを
散々責め立てて
線を切るのは簡単で

繋ぎ直したり
枠組みを変えたり
そんなコトは試みもせず

ヒラヒラ舞う波の風向きに
点滅するランプは
いつも赤いけど

この束から離れて
私だけの道を手繰ると
意外に単純なコトもある

ぐるぐる回って
混雑しているのは
結局いつもこの心

「繋がる」

君とベッドに転がる昼下がり
あの声に

繋がる

いつかの舞台が
曖昧に美しい

懐かしい香りが
私の頬を伝う

明日みたいな音がする

いつかの海に流した笹百合が
純白に香ったまま苦しむ

生きている味が
流れ出す

悩もう、と思った

「水無月の朝に」

皐月が憂いな心配事を
この世に一人、残したまま
水無月が悲しみを始める

ただ一日を生きる

あの人が
唯一出来なかったコトを
毎日こなす

黙々と淡々と

愛し愛され
祈り
紡ぎ編む

進む、故に泣く

「鶏と卵」

一つ、二つ、三つ……
自分の弱さを並べた朝は
遠い昔の記憶

カモミールの優しい香りが
丸ごと包む
世の中の遠い記憶が
私には昨日のコトで

悲しみと弱さは
どっちが先だっただろう

雨を嫌いになったのは
雨のせいではないけれど
卵を食べなくなったのは
鶏が嫌いになったから

一つ、二つ、三つ……
淡白な強さを並べる朝に
死にたくなった

「暮らし」

気持ちと体が
フワフワする夕暮れ
好きなもの、に触れる

句読点を打つ指先を
人間みたいに撫でてあげたい

疲れた背中で紡ぐ今日は
昨日の懺悔と
明日の約束、多分

今はまだ
声にすると壊れそうだから

聞き慣れた音だけに
身を任せて
時が過ぎるのを待っている

毎日を暮らす
いつか、まで黙々と

「ヴィーナス」

雫から溢れた涙を拭うのは
愛であるべきだったのに

抉られた痕が
私を責めようとするのは

筋違いの
うるさい優しさだろうか

女と母の境目を
少女の顔が過ぎていく

猫撫で声の微笑みを
抱き締めると

いつかの女神が笑う
人は皆、勝手なのだと

溢れない雫を抱えた私は
まだ君を抱いていたいんだ

「スマホ肩」

私の左側が
現実の重みに耐えられず
悲鳴を上げる

スクロールされる毎日は
更新される毎に
新しいはずなのに

私は
エラー表示をしたまま
もう付いていけない

世界の人々に
太陽の光が
足りなくなった頃から

紙送りの起伏が
どんどん激しくて
連なりを拒み続ける

癒されたいという願いさえ
黙っていろと
青い画面が語る日々

私の肩が痛いのは
愛と優しさが
少しずつ足りないからなんだ

「見返し頁」

めくるページの先に
誰もいない世界を
いつまで続けるだろう

私は明日もまた
生きているだろうか

その全てが必要なら
この世の何かを
ほんの少しでも担えばいいのに

悲しみが集まれば
それなりに愛しい日々のはずで

誰かが少し優しくて
誰かが少し愛しくて
誰かが少し傷付ける

この日々は
毎日、終わりに近付きながら

紡ぎたかったものは
伝えたかったものは
残したかったものは

そう
私は誰だっただろう

「ストロベリージャム」

夜明けが遅い朝に
泣き疲れた夜が終わる

せめて温かい部屋で
甘い香りを生きていたい

真っ赤に塗った指先だけが
朝日を夢見て

純度と密度の高い幸福を
ペロリと舐めようと試みる

生きれば生きるほど
息が出来なくて

掬^{すく}いきれない尊さだけを
空気のないビンに詰め込みたい

もう二度と、もう二度と
開けずに済ませたくて

162

「幾望」

何も考えられない
何も考えたくない

眠気覚ましだったコーヒーを
思わずワイシャツにこぼしそうになる
誰のせいでもないよ、と
微笑むほど優しくなれなくて

激しい雨の帰り道
ほら、やっぱり雨じゃないか

少し呆然として
吐き出した溜め息を拾う

いっそ辞めようと思っても
躊躇いの言葉を紡ぎたくて
誰かのせいにするコトを
あの雨の日に諦めたんだったね

明日は full moon
それでも泣かせて欲しい日もあったのに

「可燃ゴミの日」

霧降る朝
カラスのため息が
ゴミ袋の隅を破く

いつか折れたクチバシでは
まだ翼を労えず

鏡に映る腹黒さを
何度、隠してみても
これがお前だと言われ続ける

ビルの隙間から
溢れ出た人を

今日はもう
地下の駅が
吸い込み切らなくて

あの日みたいに
開かずの踏切に人が連なる

疲れた蟻の上をカラスが行く
本当に正しいものなんて
誰も知らない

だからペットボトルは
もう誰にも潰されないままに

「エアコン」

そのスイッチは
突然に夏を始める

君の浴衣を洗い
次の季節が迫る匂いが漂う

私たちは窓を閉め
禁断の扉を開けてしまう

必死に空回りしていた風は
作られた涼しさを掻き回すだけ

類いまれな大雨が
去年に続き今年も襲う

誰かが嘘つきなのは幼子にも明らかで
人々は布切れ越しに息をする

君のパラソルと団扇を陰に干して
そっと夏の支度を始めた日

いつの間に
この手が生きる支度を始めている

蚊取り線香が消えるより早く
私は灰になるはずだったのに

夏の始まり
遠い夏の始まり

「贖罪」

あぁ書いてしまった
幸せという罪深さ

苦しみを吐き出す度に
楽になる気がするけれど

手放そうとすると
引き摺られて

振り払おうとすると
突然に寂しさが襲う

誰もが一人で生きているのに
誰も一人では生きていけない

真実みたいなコトを口走ると
人間じゃないと言われて

あぁ生きてしまう
きっとまた許されない

「女神」

少女はまた母になる
繰り返されてきたそれから
私はずっと逃れたかった

これで良かったのかと
その背中で母が問う
最初から母だった少女はおらず
最後まで少女だった母もいない

母という生き物にはなりたくなかった
私には女神が微笑まない気がして
女という事実を疑い続けたかった

母になりたかったかと
その腕の中であなたが問う
全ての答えが嘘に思えて
愛されたかったと答えた私

少女はまた母になる
背負うものが愛だけではないと
今更、気付く

「素敵な夜明けに」

コーヒーの美味しい朝

少しの後悔と僅かなやる気と
些細な愛が
テーブルに広がる

新聞に悲しい文字が踊る
土砂降りの雨が止んだ後の
輝く虹みたいに

誰かの不正を問い質すコトは
お得意な私たち
果たして君は……

今日のレコードは
80年代のポップス
私が生まれた頃の話

あの頃はみんな必死だった

思い出話を得意気に語る大人には
決してなりたくなかったのに
気付けば私も、ね

私、こんなにも生きてる
いつの間にかコークの泡が
ほら、コーヒーの香りを漂わせて

私のそばで
そっと微笑むあなたは
いつからいたの?

昨日の夢は今朝も続いて
誰かが今日も私に問う
いつかの私の言葉

君は幸せか?

「滴」

最初に落とした一滴は
少し汚れた朱墨だった

美しさでは正せないコトも
この世にはあって

どうしようもなく寂しくなっては
明日を迎える理由を失う

雨音が私を責める度
自分を探すけど

明日という窮屈な暗示に
一度は騙されたくて

私は研がれずに
息をしている

硯はまだ
渇き切ったままに

「紅」

ローズヒップが赤く染める
潔いカップを選ぶから
こんなコトになるんじゃない

最後の季節が近付く
ここから先はもう醜いだけ

湯船を赤く染めた手が夜を握る
ベッドに沈むから
また夜が始まるだけなのに

最後の季節が近付く
ここから先はもう冷たいだけ

この手が裂いて来たものは
都合の良い寂しさなんかじゃなくて
誰かが作った人の塊

最後の季節が近付く
ここから先はもう静かなだけ

「邪神」

時に　橙に輝き
　　　紅に燃え
　　　灰に霞む

漆黒のはずの黒点は

今日までの私の
　　　　何を
織り成したのか

　愛　と　真　さえ
歯が立たず

巌(いわお)を取り除くコト
　　　　　も
波を宥(なだ)め去るコト
　　　　　　も

もう出来ないままに

ただ愛されたくて　　ただ祈りを深める

「縫う」

季節が穏やかさの隙を縫う
この冷たさは私のせいなのだろう

真実が
まるで美しい矛盾に変わる

誰かが作った糸が
苦しみと嘘を結んでしまった

この話は黙っておこうと決めて
土曜日を塗り潰す

息苦しさの一片を
痛みに背負わせたかっただけ

たったそれだけの話
そう、冷たい記憶の話

誰かの優しいボタンを縫う
この涙は私の穢れなのだろう

「居残り」

雨に濡れた金木犀が
香りより早く美しさを落とす

拾い上げた葉は
さっきまで生きていたのに

どうして

限りあるものの愛しさが
宙を舞う

誰かが作った線は
いつだってあざとくて

だけど

一歩越えたところで
人間の顔であるコトは変わらない

大切なのは
真実であるか、というコト

「潔癖」

私だけの静けさに
世の中が忍び寄る

汚れた靴のまま
手を洗わずに
密閉が剥がされる

望みながら
首を振り続ける矛盾に
もう息が出来ない

マスカラを塗る前に
瞳が黒く汚れた気がして
顔を洗う度、震え上がる

苛立ちの後には
必ず寂しさの闇が覆う
昔々を繰り返すみたいに

ただ一人だった夜が明けてしまう
まだシャワーを浴びないうちに

「足音」

紫のエナメルの靴は遠い昔の思い出
苦しく愛しい揺れる思い出

桜、舞う雨の日に
二十歳の足が歩き始めた頃

ヒールをカタリと言わせながら歩くには
世間は厳しかったけど

ずっと続いた夢が
今更、じわりと歩み寄る

誰も代わりに生きてくれないから
遠い思い出を丁寧に畳む

好きなものを好きだと
偽りの胸を張りたくて

カモミールに紛れた筆が舞う朝
嵐が近付く

「創」

月曜日の朝だから
世の中に巻き込まれる

乱れた己は
筆先に乗り移って

嫋(たお)やかな曲線が
震えたままに

反り切らない夢が
窮屈に息をする

誰も見抜けなくても
私が知ってしまったから

半紙を裂いて
筆を割る

月曜日の朝だから
己を始める

「道具箱」

誰か、に
心からの愛を込めて

言葉を渡す

足跡を
一つずつ消すために

言葉を託す

大切にしてきた物たちを
思い出に替えて

言葉を添える

いつか気付く時が来るコトを
そっと祈りながら

言葉を紛う

優しくなれない夜に
本当の気持ちを隠して

言葉を終う

これまで、どれほどの人が私に「書き続けて下さい」という言葉を下さっただろう、とぼんやり考えている朝は、少し冷たく、指先は穏やかにキーボードに触れている。

幸せだ、と思った。

あれから、10年が過ぎ、20年が過ぎようとしている。
緩やかな朝も、激しい雨の夕べも、漆黒を通り過ぎ、紫に香る真夜中でさえ、それを、たったそれだけを、私は紡ぎ続けてきた。
瞳を閉じる度、浮かぶ様々な光景を忘れるコトはないだろう、とぼんやり想う時、今日まで「私」を支え続けてくれた愛しさの全てに、ただ感謝している。

この手が織り成した言葉たちは、どんな風に轍を広げるだろう。誰かの、何かの、ささやかな支えであり、喜びや微笑みであり、祈りとなれたら、これ以上の幸いはない。
いつかの光景や、どこかで流れていた音楽、朗らかな思い出のような場所に浮かぶ絵画のように、あなたに寄り添うものの一つになって欲しい、と願っている。

18歳から今日まで、良くなったり悪くなったりを繰り返しながら、体の痛みが共にある毎日を生きている。

「線維筋痛症」と呼ばれるそれは、この朝でさえ、私の指先を劈く。季節や天気、時間と共に、それは移動し、今朝の痛みはきっと夕方には姿を変えるだろう。

それを「あぁ生きているのね」なんて、悠長に思える時ばかりではないけど、言葉に私を広げる時折に思う。

これはきっと私には必要なコトだったのだろう、と。

この時間は、これからも続くだろうか、と一人、考える朝、それを紡ぎ編む己の姿こそが、その答えだと信じようと思う。

口癖のように残してきた言葉を、あとがきに代えて。

だから書くの
素敵なコト
どこまでも

2021.07.11

著者プロフィール

早瀬 さと子（はやせ さとこ）

1986年4月11日生まれ
慶應義塾大学法学部中退
9歳の時、詩を書き始める
15歳「虹色の夢」文芸社刊
16歳「こころ 心 kokoro」同社刊
18歳以降、活動を個展に移す

一部作品については、改編・再掲しています。

この約束のあとで

2021年9月21日　初版第1刷発行

著　者　　早瀬 さと子
発行者　　瓜谷 綱延
発行所　　株式会社文芸社
　　　　　〒160-0022 東京都新宿区新宿1-10-1
　　　　　　　　　電話 03-5369-3060（代表）
　　　　　　　　　　　 03-5369-2299（販売）

印刷所　　株式会社暁印刷

© HAYASE Satoko 2021 Printed in Japan
乱丁本・落丁本はお手数ですが小社販売部宛にお送りください。
送料小社負担にてお取り替えいたします。
本書の一部、あるいは全部を無断で複写・複製・転載・放映、データ配
信することは、法律で認められた場合を除き、著作権の侵害となります。
ISBN978-4-286-22797-9